KB054565

소리없는 소리

소리없는 소리

원각 행담

글앤북
Geul&Book

행담스님의 시집에 부쳐

정휴正休 (시조 시인)

행담스님은 승려시인답게 선과 시가 조우하는 자리를 찾고자 용맹정진하고 있다. 한시비평을 보면 시격詩格에도 고하高下는 있었음을 알 수 있다. 예부터 예쁘거나 기이하거나 강렬한 것보다는 유원幽遠하거나 고고高古하거나 담박澹泊한 글을 높이 평가하였다. 행담스님의 작품들은 우선 번다하지 않아서 좋다. 그리고 깨달음을 좇고 있다는 점에서 믿음이 간다. 실례로 〈흐르는 강물〉을 들 수 있다.

급하게 흐르는 강물 / 내가 본 강물은 이미 지나 가고.//
귓가에 소란스러운 천둥소리 /
새로운 비가 쏟아져 흘러와도 / 예나 지금이나 강물

행담스님의 시편들은 현학적인 기교랄 것이 없어서 다소 투박하게 느껴지는 것도 사실이지만, 그 내용만큼은 불법佛

法에서 조금도 벗어남이 없다. 따라서 행담스님은 전형적인 직관파直觀派에 해당한다고 볼 수 있다.

직관파 시론가인 엄우는 "선객禪客에게 시詩는 선을 장식하는 비단 위의 꽃이요, 시인詩人에게 선禪은 언어를 절제하는 절옥도切玉刀이다"라고 말한 바 있다.

승려시인답게 행담스님은 자신의 개성을 표현하기 보다는 존재 본연에 대한 통찰을 심화시키는 데 주력하고 있다.

출가出家 대장부大丈夫라면 무릇 수미산須彌山을 들었다 놓았다 하는 기량技倆을 지녀야 한다.

명두래명두타明頭來明頭打
암두래암두타暗頭來暗頭打
사방팔면래선풍타四方八面來旋風打
허공래련가타虛空來連架打

중국 보화선사의 게송이다. 밝은 데서 오면 밝음으로 치고,

어두운 데서 오면 어둠으로 치고, 사방팔면에서 오면 회오리 바람을 일으켜 치고, 허공에서 오면 도리깨로 칠 수 있는 기량을 지녀야 비로소 자성自性의 주인공이 될 수 있는 것이다. 시인詩人이야말로 이 우주의 주지住持이다. 영구히 무너지지 않는 말씀의 도량에 주석해 있기 때문이다.

여기 천년만년 변치 않고 가지를 뻗을 철수鐵樹 한 그루를 추천한다.

부디, 행담스님이 시단詩壇의 흉악한 도적놈이 되어서 이 우주의 언어를 모두 훔치길 바란다. 물론, 도적놈 중 최고 도적은 마음도적임은 말할 것도 없겠다.

불기 2559(2015)년 4월
영은암靈隱庵에서

Contents

깨침의 미, 깨침의 울림

나그네의 말, 주인공의 말

자유로운 바람의 말

세상에 던지는 여시아문

산사에 들어온 자연

소리없는 소리

해 없는 밤 삼경 종소리
한 마리 새 둥지 속으로 들어가고
소리 없는 소리 허공 속에 가득 찼네
모든 것 놓아두고 안심장安心莊에 쉬게나.

가을

하늘은 푸르고 산은 높아라.
가을바람 불어 올 때 마다
빨간 단풍잎 한 잎 두 잎
작은 연못에 떨어진 잎사귀
살아있는 금붕어처럼 물속에 숨었네.
연못가에 한 마리 백로白鷺
솟대처럼 서있네.
내가 다가가니
저 멀리 날아가며
장천長天에 긴 울음소리
가을비 불러오네.

가을을 따다

바람 불면 노란 잎사귀 떨어져도
파란하늘 노란감. 달려 있네.
푸른 대나무 베어 장대 만들어
땀 한 방울 하늘 한 번 쳐다보고
땀 두 방울 땅 한 번 보고 이렇게
백번을 해야 한 접의 감을 따네.
비지땀 주룩주룩 흘리며
나는 오늘 가을을 따다.
저녁 노을에 붉게 물든 앞산
석류 빛은 붉은 홍등처럼 흔들리네.

개구리 소리

달 밝은 밤 작은 연못에 개구리 소리
사방에서 오색 뱀들 모여 들라.
이른 아침 저 노인 무엇 찾아 숲속 헤매나
봄은 아직 멀리 있는데 그윽한 매화향기 가득하네.

소낙비 오는 날

먼 하늘이 온통 잿빛이다
검은 구름 사이 그림자 따라
소낙비 쏟아진다.
뜨거운 대지에
온몸으로 흠뻑 적신다.
한적한 바닷가 작은 찻집
우리들의
아버지의 세월 같은
투박한 의자에 앉아
은빛 창밖을 본다.
바다색은 하늘빛을 닮았다
따뜻한 차 한 잔
꺼진 난로에 불이 붙듯
뜨거움으로 녹아내린다.
모정母情을 추억하는
선명한 소리 그리움의 소리
위풍당당 자존감으로
쏟아지는 소리 소낙비 소리…….

한가위

만월滿月 속에 토끼는 떡방아 찧고
수월水月 속에 묵어는 송편 빚네.
날짐승 들짐승 모두 즐거워하고
밝고 환한 보름달 너의 미소
잊을 수 없어 내 눈 가득이 담네.

한가위 2

남산보다 높은 배* 위로
떠오르는 보름달
쾌활하게 웃는 모습 보며
한가롭게 백팔 걸음 걸을 때
석가탑 그림자가 서역을 가리키네.

* 영은사 포대화상

봄은 여기에

길고 긴 차가운 얼음세상
매몰찬 동장군 폭설
작은 연못 은빛왕국 무너져 내린다
봄의 정령 개구리들 노래 부르고
저 멀리 봄의 화신
청마타고 달려온다.
봄옷 갈아입고
꽃 마중 나온 매화는 오지 않고
산에 진달래 꽃망울들
냉랭한 바람에 움츠리고
난초향기 방안 가득 하여라.
봄은 여기에

다례재

오대산 천 년의 숲길
팔월 뜨거운 햇볕
구층 석탑 허공 꽃피어
보살상 일어나 물 찾네.
월정사 중건주
숨은 도인 다례재
용안수 흘러와 금강연 희돌다 가네.

가는 세월 야속하다
흐르지 않는 눈물
사대육신 구정물만 흘러
장삼자락 적시네.
비는 하염없이 내리고
떨어지는 백일홍
산사의 눈물이어라.

어부의 유행가

물 파도 가르며
작은 어선 뱃길 따라
해풍 속을 달려
먼 바다 숲에 이른다.
망망대해
우뚝 솟은 돌섬
고래의 노랫소리
물안개 속으로
자욱이 드리워지고
수평선 너머
항해하며 부르던 노래
어부의 유행가
뱃노래도 좋아라.
돌섬석화
석양빛에 멈추고
만선으로 배 띄운다.

깨침의 미, 깨침의 울림

거울

큰방의 거울 속에서
한 장부丈夫를 만났네.
거울은 너와 나를 비추어도
서로의 마음 어디에도 없어라.

기와불사

산은 어이 높고
물은 어이 흐르는가.
신령함이 숨어있는 이곳 영은사
천년의 후대들을 위하여
설선당 기와 번와 하네.
오랜 세월 묵은 흙먼지
바람에 날리고
하루 종일 망치소리 소란해도
해질녘 모든 소리 사라져
어느 곳이 바쁘고
어느 곳이 한가로운가.
삼경 무렵 두꺼비가 찾아와
헌집 헐고 새집 주네.

달빛

달빛 아래 처마끝에서
놀고있는 물고기들
산들바람 몰아와
연꽃 밑에 잠드네

저편 숲속에서
놀고있는 풀벌레들
반딧불이 몰고 와
마루 밑에 잠드네
등잔불이 흔들흔들
밤길따라 사라지고

달빛 그림자 내려와
나를 덮어주니
깊은 와선臥禪* 들어가네.

---

* 선정에 든 상태

마음나무

가을 바람이 높게 불어
수많은 흰구름
더 깊은 바다로 밀어내고

큰 은행나무 열매는
바람의 저격으로 떨어지고

어린 시절 옻올라 소란 떨며
혼자 미워하고 싫어할 뿐.

먼발치에서 보면 멋도 있다

언제나 같은 그 자리
오랜 세월 묵묵히 보여준다.

그대 찾아와
마음이 어디에 있습니까?

　"저 큰 은행나무다."

모기 세상

갑오년 7월 15일 장맛비가
하루종일 주룩주룩 쏟아지네.

비를 피해 온 모기들
송곳 입으로 나를 찌른다.

따갑고 가려워서 못참겠네
모기가 내 팔뚝에 창을 찌른다.

손바닥으로 치니 피 한 방울 묻어있네
모기 피인가 내 피인가.

모기 잡는 것이 내 잘못인가
내 기혈氣血을 주는 것이 잘하는 것인가.

생각 하고 생각 하네
귓가엔 모기 소리.

엥 엥 엥
7월은 모기들의 세상이다.

전등사의 벌 받는 여인

전등사 대웅전 불사 긴 시간 동안
뜬소문 따라 떠난 도편수의 순수한 사랑은
심장에 남은 굳은 맹세를 저 버리고 육지로 떠나버렸네.
대낮에도 어두운 밤처럼 소리 없이 가슴을 치다가
이 세상 아름답게만 볼 수 없어
사랑하던 여인을 자신의 가슴속에
쇠사슬로 묶어버리고 싶었을까?
순수한 사랑을 가지려했던 도편수의 신념은
혼란과 아우성과 스스로와 충돌하다가.

배신한 여인의 상을 네 개로 조각 하여 그 벌로
세세생생토록 고통 받으라고
법당 네 기둥 추녀 밑에 넣어
무거운 지붕을 이고 있게 하였네.
아....... 악연의 굴레여
아....... 업연의 윤회여
그녀의 무거운 짐은 어느 세월에 내려놓을까?
밤하늘 별들의 속삭임 울지 마라 울지 마라
저기 불어오는 바람 추녀 밑에 여인의 눈물 닦아주네.

범종소리

달도 잠든 깊은 밤
등불이 밀어내고
수탉이 홰를 치니
어두운 장막이 걷히네.

연화봉 금련대
범종梵鐘소리
법음法音을 싣고 중생들의
모든 시름 잊으라 하네.

보름달

달 밝은
금강연
용바위에 앉아
달타령 하던
건달바왕

반야탕에
보름달이
둥실 떠있네.
머리 들어
하늘 볼 것 없다.

달 밝은
양자강
반야용선 타고
달을 노래하던
어름한 신선
물속의 달을
건지려다
어두운 밤 밝히는
보름달 되었네.

북망산

이름 모를 산 버섯 찾아 헤매다
잠시 바위에 앉아 하늘 보니
저 홀로 나는 새 어디로 가나
무엇인가 햇빛에 반짝이네.

빠른 걸음 당도하여 보니
파헤친 무덤 훑어진 뼈들
허무하고 무상하여라
북망산이 멀다더니.

여기가 바로 북망산천이네
부귀영화 영웅호걸 남녀노소
누구누구 할 것 없이 어찌
황천객을 면할 수 있겠는가?

불두佛頭의 미소

태백산 줄기 험준한 능선
칡넝쿨 헤치며 심마니처럼 헤매다
오랜 세월
비바람이 조각한 듯
불두를 만난다.
인자한 모습
살며시 미소 짓다
내 품에 안고 푸른 물 흐르는
작은 폭포 아래서
묵은 때 씻겨주니
밝은 얼굴 드러난다.
어느 세월인가
탐욕과 시샘에 눈 가리운 살육이
돌부처를
개작두로 목을 쳤는가.
그 몹쓸 짓을 당하여도
불두의 미소 영원하네.

비천상

어젯밤 꿈속에서 당신을 보았소.
아침햇살에 반짝이는 영롱한 이슬처럼
빛나는 비천상 당신의 눈동자를
어젯밤 꿈속에서 당신을 보았소.
무지개의 오색찬란한 저 오로라처럼
신비스런 비천상 당신의 미소를
어젯밤 꿈속에서 당신을 보았소.
화려한 꽃송이 바람에 눈송이처럼
휘날리는 돌배꽃
아름다운 비천상 당신의 몸짓
천년의 세월 천상의 종소리를
그대들은 몇 번을 들었는가.
허공 속에 범종 소리 가득 차고
밤하늘 보름달 점점이 멀어지네.

사리

인적 끊긴 깊은 산사 냉골방
장승 패다가 아궁이에 넣고
목불 태워 사리 찾네
창문 밝으니 구름 속 달月 이 나왔구나.

산기슭

하늘 높은 산기슭에
약재에 쓸 송이 찾아
여기 두리번
저기 두리번
송이는 안보이고
눈앞의 싸리버섯 따네.

사진 한 장

어느 날 방 청소 하다가
생각하지도 않았던
색 바랜 앨범을 발견했네.

한 장 한 장 사진을 보니
기억 저 편에 옛 추억이 떠오르고
지난 세월 추억 속으로 들어가네.

도반과 찍은 사진 앞에서 멈춘 시간
지금은 어디에 있는지
무엇을 하고 있는지.

아, 참, 잊고 있었네
먼 시간 언제인가 들었지

오욕의 똥자루 버리고
머나먼 저 세상 여행 갔다고
같이 했던 도반과의 시간들

입가에 미소만 머금은 채
사진 속에 젊음은 멈추었는데
이 젊음 그대로 멈추고 싶지만

시간 따라 늙어 지고
세월 따라 늙어가는 것을.

빛바랜 앨범을 덮으면서
추억도 같이 덮는다.

심우도 尋牛圖

바람 높은 산뫼에서 땅을 살펴본다.
첩첩산중 그 어디에도 소牛는 보이지 않고
강과 들판에도 소는 없었다.
여기 저기 찾아보아도 소는 보이지 않네.
무릉도인 노인에 여쭈어 봐도 소는 못 보았다 하네.
지친 몸 끌고 토굴로 돌아와
주린 배 채우려고 밥 한 술 뜨다가
에허라, 쯧. 쯧. 쯧.
소를 타고서 소를 찾았구나.

월동 준비

비가 온 뒤에 산마다 구름 피어나고
감나무 노란 잎 바람이 떨어뜨리니 가을이네.
처마에 곶감이 주렁주렁 달려있고
쌀은 다섯 가마 김치 두 독 땔감은 한 가득.
월동준비 풍요롭고 겨우살이 풍성하다
등 따습고 배부르면 천하에 제일이니
도道다 선禪이다 내 알 바 아니라네.

파도는 말한다

먹구름 몰려와 해를 가리니
검푸른 바다 검은 모래
냉랭한 바람 하얀 파도
고독에 몸부림치며
홀로 서 있는 작은 바위
파도 끝 모래에 앉아
빈 하늘 보다가
발아래
색 바랜 조개껍질
너는 무엇이며
나는 무엇인가.

파도는 서로 앞 다투어 달려와
성난 듯 치받고 사라지네.
모두가 빈자리인 것을
너도 없고 나도 없는 것
탐에와 욕망의 집착 속에
나를 버리고 남을 위하여 살라고
파도는 말하네 그렇게 살라고
파도는 말하네 그렇게 살라고.

파랑새

길고 긴 어두운 밤을 지나
또 다시 태양은 떠오르고
파랑새 따라서 저 멀리
지나간 내 청춘
다시는 돌아오지 못하네.

지나간 태양은 다시
떠오르고
파랑새 따라서 저 멀리
지나간 내 청춘
다시 돌아오지 못하리.

일소굴—笑窟* 가는 길

한낮 푸른 하늘 흰 구름 그림자
바람의 속도를 거스른다.
작은 오솔길 따라
숲속 꽃들이 동행을 한다.
먼 산 비껴 앉는 일 소굴 화엄의 풍요
"본래 때가 없는데
무엇을 씻을 것이며
본래 망념이 없는데
무엇을 깨끗이 하랴"
선재동자 53인의 설법은 바다를 메우고
무상의 깨달음은 허공을 비웠다.
연꽃의 미소를 누가 알까
서쪽에서 솟은 물줄기
동쪽으로 흘러 푸른 바람이다.

---

* 강원도 삼척시 영은사에 부속된 건물로 근대의 고승 탄허 스님이 수행했던 동굴이다.

나그네의 말, 주인공의 말

구도자

천상의 선녀인가!
고요히 내려와
수미산을 은밀히 덮고 있네.
먼저 남긴 발자국
찾아 오르는 수행자들
설산동자의
코허리가 시리다
백의관음
따스한 미소
수미정상 눈 녹아
모든 생명 일어나 의지하네.
낮은 계곡 흐르는 물 사이
하얀 조약돌
반야용선 되어
피안으로 가네.

나그네

먼산 이는 바람
허공의 빈 소리로 고요하다.

잿빛 하늘의 향연饗宴
포대화상 넉넉한 미소에
함박눈이 되어 내리고
나그네의 화두가 한가롭다.

감나무 천년의 까치밥
굶주린 까마귀도 아닌
이름 모를 새들의
회향回向처가 되어 버리고
눈 속 나그네의 걸음이 바쁘다
여보게,
불이문不二門에 눈이 온다네.

인생은 나그네

젊은 시절 보내고
늙어 지면 추억 하네.
인생은 무상하다고
일생의 하루가 가고
석양이 지는구나.

나그네는 쉴 곳을 찾네
북망산 멀리 들려오는 범종소리.
황혼을 맞이하는 나그네
언제 듣겠는가
마지막 종소리.

다도

말없는 밤 어두움은
찻상의 고요한 반달로 뜨고
조사들의 선구는 봄꽃보다 화려하다

널브러져 잠자는 도반
저리도 꿈속을 헤매는가.
그만 일어나 차 한 잔 들게나.

앞산 바람 불어 그윽한 아카시향
대숲바람 일어나 솔향기 가득한데
그대는 어찌 이 맛을 모르는가.

동창의 붉은 빛 찻잔 속에 둥글다.

둘이 아니다

생 과 사
꿈 과 삶
닭 과 알
강 과 배
비 와 물
너 와 나
남 과 여
발 과 신
소 와 고기
인생 과 연극
열매 와 나무
나무 와 종이
중생 과 부처
손바닥 과 손등
깨끗함 과 더러움
음식 과 대변
초가집 과 기와집

뜨거운 눈동자

육십년 만에 돌아온 백호
쥐 하나 잡지 못한
이빨 빠진 호랑이
북망산 어둠 속으로
저 멀리 암흑의 깊은 바다
뜨거운 태양이 떠오른다.

방아 찧다 내려온 달의 정령
금빛 물결 타고 온 음의 여신
붉게 물든 토끼의 눈동자
천리안으로 세상을 보고
상과 벌을 가리네.

큰 두 귀로 모든 소리 듣고
참과 거짓을 가려 행한다.
한길로 정진하는 토끼여
달나라 불로장생약을
세상의 민생에 주어
천년만년 평화롭게.

마음의 병

사람은 누구나 건강하게
병 없이 살기를 바라지만
우리에겐 두 가지 병고가 있네.
몸의 병과 마음의 병이 있어
강한 마음으로 몸의 병은
극복 할 수 있지만
나를 가두어 버리는
마음의 병은 어찌 하리오.
내 마음이 무질서하여
몸에 병마가 침범하고
내 마음 헛된 욕심 때문에
마음에 병마가 침범하네.
문단속을 안 하면 도둑이 들어오듯
허약한 마음에 병마는 침범하네.
무장한 장군처럼 병마와 맞서 싸워라
반드시 승리하고 승리하리라.

말들이 없어

어둠을 밝히는 만월이
산 위에 가득하고
냇가의 물소리
도량 가득 울어대고
사십구 년 침묵이여
일체는 말이 없어
이 밤 저 홀로 밝고 밝아라.

무상

생명은
번개
마음은
헛꽃

벗

꽃 소식을 안고 산문을
들어서는 벗보다 먼저
매화꽃 풋싸름한 향기가
찻상 위에 내려앉고

욕망과 소유를 훔쳐버렸다고
마주하는 찻잔 속에
물결이 소리 죽여 운다.

세상의 일들
아프고 아픈 것은
모든 그리움 되어
상념으로 흐르고 낙화落花는
허공의 자유처럼 날리며
벗을 작별한다.

어느새
대숲에 이는 바람이
달빛을 쓸고 떨어진 목련의 꿈과
아름다운 시절 인연을 약속 하는가.

삼독심*을 버리자

세상이 혼탁함은
인간의 삼독심 때문이네
동물의 탐욕은 티끌이요
인간의 탐욕은 태산이라
동물은 배고파 먹을 때 성내며 싸우지만
인간은 때와 장소 없이 성내고 싸운다.
동물은 어리석어 살아있음에 집착하고
인간은 어리석어 오욕락五慾樂에만 집착하네.
다겁생多劫生의 삼독심 때문에
끝없는 육도윤회六道輪廻하네.
삼독심을 벗어 버리고
현인賢人의 길로 나아가면
세상이 그를 성인聖人이라 하네.

---

* 탐내고[貪] 성내고[瞋] 어리석은[癡] 인간의 마음으로 이를 삼독심이라 함. 삼독심을 버리
지 못하면 끊임없이 이어지는 윤회의 굴레에서 벗어나지 못한다고 함.

시간은

시간은
미래에서 오고
현재에 머물다가
과거로 흘러간다.

시간은
과거의 아픔
현재의 슬픔
미래의 기쁨

시간은
또 다른 틀이 되고
새로운 짜임새로

우리들의 업이 되어
멈추지 않고 흐른다.

생각

번뇌의
고통 바다

서역풍
불어와

갈댓잎
타신 임

이리 살랑
저리 살짝

동쪽으로
사라지네.

오고가고

잔잔히 흐르는 강江
건너편 불꽃놀이
사방팔방 화려한 빛
그 빛은 잠시잠깐이요
바람도 잠든
고요한 별밤하늘
영롱한 별빛은 영원하리라
하늘을 나는 새는 길이 없고
물고기 지나간 자리엔 흔적 없어라.
국경 없이 자유로운
물과 바람같이
오고감에 걸림 없어
시방세계 어디에든
내 마음대로 오고 가네.

윤회

중생衆生과
윤회輪廻의
근본根本은
무명無明이다.

일원상

옛날
옛적에
동그라미
하나.......

먼
훗날에도
동그라미
하나.......

수행승의 깨달음

가을바람 불어와
오동잎 떨어져 날고
까마귀 떼 울어대며
빈 하늘 지나가네.
홀로 피어난 국화꽃
그 모습 백의관음
잊을 수가 없어라.
방생지 흰 물결 급하게 흐르고
염불소리 들려와 내 입도 흥겨워라.
즐거움이 있는 곳에
슬픔도 따라 오듯이
젊음이 가고
늙음이 따라오네.

심안心眼의 고요

찬란한 별들
잔잔히 흐르는 네란자 강
저 너머에 짙은 안개
문설주에 기대선
달빛이
심안의
눈을 뜨게 하네.
동쪽하늘
빛나는 샛별
아뇩다라삼먁삼보리*를
깨달으셨네!

---

* 완전한 깨달음.

자비의 씨앗

메마른 대지에
자비의 씨앗 심었네.
싹이 터 자라나
번뇌는
자비의 꽃으로 피어나고
망상은
자비의 열매로 열었네.
다시
저 열매 따다가
메마른 대지에
자비의 씨앗 심으리.

자신을 보려거든

자신을 만나려거든
자신을 보려거든
그 누군가* 늘 사랑하라.
무명에 가려진 사랑이든
무명을 벗어난 사랑이든
그 누군가를 사랑하라.

자신을 만나려거든
자신을 보려거든
그 누군가를 사랑하라.
욕정의 사랑이든
거룩하고 숭고한 사랑이든
그 누군가를 사랑하라.
그런 뒤에
자신을 보고 자신을 보려거든.

―――――――――
* 사물의 대상

주인공

계절은 춘하추동 변함없어
세상구경 하며 즐기는 것 부질없네.
저 달 속에 계수나무 베어와
심검당尋劍堂에 불火 지폈으니
방에 들어가 쉬게나
주인공主人公이 찾아오리라.

푸른 시간

내 일상의
시간 저편은 푸른 시간이다.

견딜 수 없는
깊은 물결이 은밀하게
긴 한숨을 부른다.

한낮에 작별한 낮달이
푸른 시간을 작동시킨다.

혼돈이며
그리움이며
이별이며
절규다.

기억 저편 청춘은 묵언의 시간 앞에
혼합의 색을 입힌다.

탄생이며
기쁨이며
아름다움이며
환희다.
깊은 숲속 들꽃은
아주 조용히 내리는 빛의 푸른 시간이다.

한 생각

한 생각 청정한 마음속 밝은 빛 법신불法身佛

한 생각 분별없는 마음속 밝은 빛 보신불報身佛

한 생각 차별 없는 마음속 밝은 빛 화신불化身佛

삼신불三身佛은 밖에서는 찾을 수 없다네.

한 소식

쿵!
호박 떨어지고

딱!
꿀밤 때리고

퍽!
수박 깨고

뻥!
뻥 이오

응!
근심 걱정 풀고

왈!
공자왈 맹자왈

할!
말없는 큰스님
-끝-

한소리 더 있으면
그대가 쓰게나!!!

회향回向

그림자 없이
응시하는 눈빛도 외면한 체
빈 하늘엔 수많은 이야기가 내린다.
뒷산 진달래 소식은 멀기만 한데
잔설 가지마다 꽃송이 눈물 없이 피어나고
하늘 꽃은 노란 눈물로 흐른다.
만월滿月 천강에 비치지만
흔적도 남기지 않았는데
전생의 약속이련가
번뇌煩惱는 애염을 버리고 명멸明滅하다가
이윽고 적멸적광寂滅寂光
회향回向*으로 피어나네.

_____

* 인간의 마음자리인 본래 성품의 고향

자유로운 바람의 말

그대 보내고

멀어져 가는 그대 뒷 모습
두 눈 가득 맺은 이슬 마음도 젖는다.
개구리 울음소리 봄이 왔는데
차가운 내 가슴 언제 꽃이 피려나.

달 없는 밤

달 없는 밤에 누군가 오는가 보다
문 앞의 강아지가 짖는걸 보니
문 열고 밖을 보니 빈 바람만 스치고 지나가네.
방안에 등불 저 혼자 껌뻑 껌뻑 하는구나.

낮과 밤

낮에 본 앞산
단풍잎 시월 햇살에 그 빛이
더욱 더 아름다워라

밤에 본 앞산
화려한 무대의 막을 내리듯
어두운 내 눈眼
고요 속으로 들어가네.

늙음은 슬퍼라

백일홍 한 잎 두 잎 질 때면
고운 얼굴에 주름이 지네.
만개한 코스모스 시들면
머리카락 희어지네.
화려한 들국화
가을 끝자락 서리 맞으면
이 내몸 늙어가네
아…… 늙음은 슬퍼라.

달빛은

그 얼굴빛을 뿜어
이 마음 달빛이여
갠지스 강 맑은 물 환하다
고행자들* 앞 다투어 달月을 건지네.
오백 마리 원숭이도** 해탈한 달빛.

---

* 갠지스 강을 중심으로 자신의 몸을 학대하며 고행정진하는 수도자들을 일컬음.
** 부처님의 초기 교단에 입문한 5백제자들로 모두 아라한과를 증득해 오백성중으
로 불림.

바람노래

깊은 밤 산사는 고요하고
만물은 잠에 빠져들고
등잔불 아래 적적히 앉아 염念하니
잎 마른 은행나무 바람노래 화답하네.

밤비

밤비에 도랑이 촉촉이 젖는다
떨어지는 빗방울 소리
가을밤은 더욱 깊어지네.
동이 터도 비는 오고
울던 새들 소리 없네.

밤을 지우며

문을 두드리는 새벽 찬바람
울며 저항하는 문풍지 소리
문밖은 어둠 가득 여명은 멀고
처마 끝 외등 밤을 지운다
달 없는 저 하늘 별빛 홀로 반짝이네.

산수유

질투하는 빛깔로
허락하지 않아도

망설임 없이
만개의 법을
너는 안다.

소설 지나
동지冬至오기 전

이미
노오란 빛깔을 온 겨우내
그 떨림으로 물들이고
존재의 깊은 색을 채우고

공약하지 않아도
허공의 순한 빛깔로
붉은 점 하나 찍었다.

산사의 새벽

고요한 산사는 적막함이 더하고
앞산의 바람소리 조용하니
소복이 쌓인 하얀 눈 움직임이 없네.
고요 속에 점점이 커지는 목탁소리
약왕보살 적광전에 등불을 밝히고
범종소리 오대五臺에 가득 차고
법당의 종성은 대중을 모으네.

지심귀명례
삼계도사 사생자부......,
흑과 백의 경계 사이로
여명이 밝아오고
산사의 새벽은 청아한 모습으로
먼동을 맞이한다.

알고 있네

푸른 아침
까마귀가 우네.
태양은
중천을 지나고
소식 전하고
바삐 가는 우체부
오대산 은사님
다례재 참석 하라고
알고 있네
7월 1일 알고 있지!!!

백팔염주

뜨거운 햇빛 잠시 피해
향나무 그늘 평상에 누워
하늘을 달리는 양들을
백팔염주 돌리며 세어 보다가
나도 몰래 잠이 들었네.

일소굴

소나무속 길 얼마나 올랐던가
연꽃 봉우리 작은 절 받들고
계곡 물 흘러 먼 바다로 들어가네.
인법당에 앉아 정定에 들면
하늘문 열려 무지개 다리 놓네.

자연의 정원

가을단풍 노랑 빨강 형형색색 아름답네.
이쪽을 보면 유화요 저편을 보니 산수화라
기기묘묘한 자연의 작품 절묘화絶妙花구나.
하늘다리 건너면 햇살 빛나는 작은 호수
바위틈 꽃나무들 아름다운 자연의정원
소나무와 참나무의 천년의 사랑
바람이 오색낙엽 연지리에 뿌려주네.
매봉여신이 만들어준 효자샘물
한 모금 마시니 속이 시원하다.
숲의 정령도 쉬어가는 마당 바위 에 앉아
흐르는 계곡에 발을 담그네.
저무는 해 바쁜 걸음으로 산 너머로 멀어지고
아름다운 자연의정원 하산하는 길
낙엽 밟는 소리가 쓸쓸히 뒤를 따라오네.

저녁

해질 무렵
개똥이네
굴뚝에서
몽실몽실 흰 연기
저녁밥을 짓는가 보다
피어난 흰 연기
저 하늘 뭉게구름 되었을 때

개똥아
밥 먹어라
엄마의 부름에
꽁지 빠지게 뛰어가네.

저녁2

먹구름 몰려와
만산萬山에 비 뿌리고
바람 불어
낙엽 마다 붉은 잎 가을이네.
가는 세월
머리카락 희어지고
산 너머
저녁노을 언제 다시 보리.

가을비

울긋불긋 떨어진 낙엽
가을바람 불어와
이리 뒹굴 저리 굴러다니고
한가로이 책을 본다.

창문 두들기는 소리에
머리 들어 보니 가을비 내린다.
책을 덮어 놓고
창가에 턱을 괴고 비를 보다가
무심히 빗방울들 세어보네.

하나 둘 셋
수없이 많은 빗방울이 모여
계곡을 흘러 강을 지나
바다에 이르러
결국은 하나가 되네.

죽서루

수백 리 굽이굽이 흘러온 저 구름
기기묘묘한 절벽 아래
이무기 잠든 오십천
회오리바람 일으켜
아……. 용오름
저 하늘 구름 속으로
용문 서편에 고려청자
허리 닮은 단아한 죽서루
마루 한 가운데 백호처럼 앉아서
옛 문객들의 시조 한곡 불러보네.
용 바위 작은 성혈 좁쌀이 비어 있어
저만큼 대숲에 슬피 우는 새들
눈물로 새벽을 여는구나.
새들아 울지 마라
동쪽에 해가 뜨네.

2월 폭설

따스한 햇빛
문 틈새로 들어와
잠자는 나를 깨운다.
일어나 문열고
한 호흡에 널 삼킨다.

온통 하얀 눈
허리 춤까지
은빛 금빛에 푸르다
처마마다 매달린 고드름 사이로
긴 한숨이 사라진다.
나의 행동반경은 요사채와
법당을 오가는 것
해탈교 밑 흐르는 물 소리가 없고
초저녁 서쪽 하늘 초승달의 미소가 시리다.

연지리*에서

연지리 호수
잔잔한 물결 위로
자욱한 물안개 먼 하늘
흰 구름 되어 사라지고
한 송이 청정한 연꽃미소
호숫가에 가득하여라.
육근六根**은 연꽃향기로 피어나고
오온五蘊***은 연잎 위에 앉네.
꽃송이에 맺은 법法의 씨앗은
알알이 마니보주摩尼寶珠 되어
지혜의 꽃으로 피어나네.
스스로 번뇌煩惱는 소멸消滅 되고
즐거움은 처처에 가득하여
보배로운 염화미소拈花微笑 띄우네.

---

* 연꽃을 가득 심어놓은 연못.
** 눈 귀 코 혀 몸 뜻을 이르는 안이비설신의(眼耳鼻舌身意)를 말함.
*** 색깔과 소리와 냄새와 맛과 촉감을 이르는 색성향미촉(色聲香味觸)을 말함.

할미꽃

양지바른 언덕 위
할미꽃

5월 햇살에
머리카락 희어지고
그 위로 날리는
송홧가루 야속하기만 하다.

햇살이
스치고 지나간
세월을 붙잡지 못해
고개 숙이고 오르는
산사山寺 길이 버겁기만 하다.

내가 사는 곳

나그네가 잠시 머물러 있는 이곳
강원도 궁촌길 1162
단지, 문패는 없을 뿐이다.

세상에 던지는 여시아문

사대四大

조용한 숲속이나
고요한 곳에서
몸을 바로 하고 앉아
이 몸이 무엇으로 이루어졌는가.
지수화풍地水火風사대로
구성되었음을 관하라.

즐거움을 누릴 때는 즐거운 줄 알며
괴로움을 느낄 때는 괴로운 줄 알며
즐겁지도 않고 괴롭지도 않으면 그런 줄 알라.
자기 몸과 마음에서 일어나는
느낌을 실대로 관찰하면
고정된 즐거움이나 괴로움이
없음을 알 것이다.

생노병사

고요한 바람이
새벽의 맑은 빛을
조심스레 밀며 오는
무명無明의 잉태孕胎함이여.

저 먼 산 홀로 우뚝 선 힘찬 산맥
무시無時로 세상사 열어젖힌 날들이여.

생生의 기나긴 그림자로
허공에 가득 하여라 돋아나는 숙명이여.

우리들의 시간 앞에 약속처럼 찾아오는
육신의 아픔이여 고통이여 괴로움이여.

저무는 해의 그림자로 떠날 황혼이네
때로는 눈물과 슬픔으로 때로는 상처 난 몸짓으로
우리 생에 나누는 힘찬 약속
이 생이 끝이라고 노래하지 못 하리
정녕코 돌아가야 하리라.

아...... 탄생이여

아...... 늙어짐이여

아...... 병든 몸이여

아...... 돌아감이여.

삼척동자

세 가지 악한 짓*이 아니라면
보고도 못본 척 하라.

세 가지 악한 마음**이 아니라면
알고도 모르는 척 하라

네 가지 악한 말***이 아니라면
듣고도 못 듣는 척 하라

이 세 가지를 잘 실천하면
일러 삼척동자라 부르리.

---

* 살생, 도적질, 성폭력
** 탐욕, 성냄, 어리석음=삼독심
*** 거짓말, 발림말, 나쁜말(욕설), 이간질

시간은 번갯불

기상시간 새벽 4시에 맞춰 놓고
삼경 종소리 들으며 잠을 청한다.
괘종이 울기 전 먼저 눈을 떠
시간을 보니 한시반이네.
해우소解憂所갔다가
세수하고 돌아와
다상茶床에 앉아 차 한 잔 마신다.
무심無心코
내 눈과 마주친 시계
초바늘은 번갯불電氣 이다
어느새 4시를 향해 달리고
뜨거운 조룡차烏龍茶는
냉물冷水이 되었네.

업業

나에게는
죽음의 공포보다
업보가
가장 두렵다.

인과

음욕淫慾을 따름은 중생衆生의 인因이요
목숨을 받음은 중생의 과果이다.

마음아! 내 말 들어라

마음은
육체를 집家으로 삼아
모든 어리석음 따라 가네.

마음은
사생*으로 태어나
약육강식 두려움과 공포 속에 살며

마음은
부자와 거지로 태어나
기쁨과 슬픔 속에 살게하고
삼악도三惡道의 끝없는 괴로움과 고통 속에 살았으며

마음은
다겁생의 한량없는 육도를 윤회하며
사람 몸 받아 이 세상에 태어났으니
어찌 기쁘고 즐겁지 아니한가.

---

* 인간과 같이 태(胎)로 태어나거나, 새와 같이 알[卵]에서 태어나고, 곤충 벌레와 같
  이 습(濕)한 곳에서 태어나며 과거의 업력에 의해 태어나는 화(化)를 4생이라 한다.

마음이여
진정…… 내 말을 들어라.
윤회를 벗어나 대자유인이 되자.

마음이여,
이제는 내 말을 들어라
속박과 번민을 벗어나시라.

화택火宅

집이 불탄다. 집이 불탄다.
아이들은 놀이에 빠져
아무리 소리쳐 불러도 대답이 없네.
부모는 거짓으로 외친다.
여기 큰 수레와 작은 수레가 있다.
아이들은 그때서야 화택 밖으로 뛰어나오네.
어허라, 쯧. 쯧. 쯧.
한 그루의 그림자 없는 나무를
화택火宅의 뜰 앞에 심었네.

윤회를 벗어나려면

중생은 음욕의 힘이 현상인 목숨이 다하여도
음욕의 마음은 죽지 않아 한없이 생사윤회하네.
애욕에 집착하고 탐욕에 빠지며 곱고 밉다에
걸린 이 마음 이 중생심을 버리면
고해의 바다 건너 편안한 육지에 오르듯
자연히 육도윤회를 벗어나네.

독거노인

타향살이 님을 만나 즐거웠네
아들 낳아서 기뻐하였고
딸을 낳아서 좋아했지
먹을 것 입을 것 아끼고
열심히 일하여 재물을 모았네.
장가보내고 시집보내면서
모든 재산 나누어 주었네
입으로는 아버지[어머니]라 부르지만
이제는 헌신짝처럼
늙고 힘없는 아버지[어머니]를 내쫓는구나.
쫓겨난 늙은 아버지[어머니]는
지팡이에 의지하여
친척집 친구 집을 돌아다녀도
받아 주는 이 그 누구도 없어라.
세월 흘러 고향 집에 돌아오니
옛사람 가고 없지만
폐허 집 방 한 칸 병든 몸 쉬고 일어나니
냉밥 한 덩어리 눈물로 녹여 먹으며
초로 같은 목숨을 연명하여라.

흐르는 강물

급하게 흐르는 강물
내가 본 강물은 이미 지나가고

귓가에 소란스러운 천둥소리
새로운 비가 쏟아져 흘러와도
예나 지금이나 강물.

시 해설

생명의 시학과 묵언의 통섭通涉
– 행담의 시적 자유로움과 삶의 잠언箴言 –

엄 창 섭
(국제펜클럽한국본부고문, 월간 모던포엠 주간)

1. 따뜻한 감성과 세계인식

지난 해 4월 중순에 철늦은 춘설이 내려 다소 당혹스러웠지만, "눈 덮인 들판 길을 걸어갈 때도, 함부로 어지럽게 걷지 마라. 오늘 내가 남긴 이 발자취는 뒷사람의 이정표가 되느니라."는 서산대사의 법문을 떠올리며 마음을 가다듬어 보았다.

"깊은 밤 산사는 고요하고/만물은 잠에 빠져들고/등잔불 아래 적적히 앉아 염念하니/잎 마른 은행나무 바람노래 화답하네(바람노래)"의 예시나 "나에게는/죽음의 공포보다/업보가/가장 두렵다業"를 통해 확증되듯이, 힘겨운 수행자의 길을 걸으면서도 필연적인 연緣이 닿아 분망하고 암담한 일상에서도 서로의 뜻을 자유롭게 통신하며, 세속에 몸담은 이들을 위하여 깊은 사유를 통한 시문을 담백하게 꽃 피워 정신세계에 평안을 안겨주려고, 따뜻한 정신기후를 조성하는 행담 시인의 담백한 선시의 지평을 꼼꼼히 탐색하는 평자의 관심사는 끝내 흥미롭고 생명적인 창조행위로 결속된다.

사무엘 고들립이 자폐증을 앓는 외손자 「샘에게 쓴 편지」에서 "인간은 네모나게 태어나서 둥글게 죽는다. 그러나 변한다는 것은 얼마나 멋진 일이냐?"라고 반문했듯이 푸른 생명의 언어를 좋은 인간관계의 소통기표로 사용하여 상처받은 영혼을 치유治癒하는 따뜻한 심사心思로 자존감을 존중하되, 묵언의 사유思惟로 생명외경生命畏敬의 존엄성을 이행하는 일에 열중하는 가슴 따뜻한 시인과의 만남은 실로 유익하고 의미가 있다. 그 같은 인식은 이 우주에서 '나我'라는 존재는 그 어떤 대상보다 존귀한 생명의 대상인 까닭이다.

행담 시인은 세속의 시끄러운 소리를 잠재우는 고요, 묵언, 응시로서 자연과 세상을 관찰한다. 어디에도 얽매이지 않으려는 구도자로서도 그 끼를 주체하지 못하는 그가 모처럼 상재하는 시집 『소리없는 소리』는, 언어의 상징성을 통해서도 그의 삶을 추상하고 반영해 내는데 주저하지 않는다.

특히 초기의 시편에서 발아된 〈범종〉이나 〈달빛〉의 시적 행위는 정신적 빈곤을 체득한 궁핍한 시대의 우리에게 안심법문을 풀어놓는 듯하다. 미적 주권이 확립된 행담 시인의 시적 작위作爲는 정치精緻하게 자잘한 심성을 풀어내면서 우리로 하여금 긴장으로부터의 해방을 느끼게 해준다. 이를테면 시적 형상화와 이행의 통로에서 잘 다듬어진 목관악기에서 쏟아내는 투명한 음계에서 파생된 서정시의 시감詩感에 의한 시적 치유healing의 가능성이 가늠되고 있다는 얘기다. 그의 독자적인 음조音調가 화려한 의상으로 장식하려는 고뇌苦惱와 진지함이 묻어난 비장감은 이처럼 연계층위의 인자因子로 해명되어진다.

'공간은 사회적 산물이라.'는 기드슨 르페브르의 지적은 '생성된 공간'의 개념으로 해석된다. 따라서 현대인들의 존재론적 불안은 공간 상징이 특정한 시인의 정신적 생산물인 시의 형성과정에서 내면인식과 결부된 시적 응시와 자아의 변주에서 비롯되는 시의 틀 짜기는 그만의 시적 작위와 본질적으로 합일된다. 구도자들을 향한 메시지를 대중과 공유하려는 행담 시인의 자연스러운 욕심은 엘리엇T.S.Eliot의 "문학을 낳지 못하는 국민은 사상과 감성의 활동을 낳지 못하는 국민이다."라는 말과 좋은 교감을 이룬다. 그렇기 때문에 행담 시인의 대다수 시편들은 순수 서정성의 확립과 생명에의 변주라는 틀에서 기인된 파상波狀의 탐색이라 말할 수 있다. 아울러 그의 시적 발상은, 화자persona의 내면인식에 깊이 자리한 심적 추이에 의한 시적 형상화로 비교적 피곤하고 상처 받은 심적 치유의 인자因子로 작용되어 일순 초조·불안감을 해소시킬 뿐 아니라, 심성에 감미로움을 안겨주는 시적 환경에 잇닿아 불순한 대상을 정화시키는 생명력을 안고 있음은 주목할 점이다.

2. 사유의 깊이와 느림의 시학

'사유의 깊이와 느림의 시학'에 대한 논의에 앞서, 행담 시인의 시정신은 식물성 언어로 직조된 전율 같은 가슴 떨림인 동시에 지극히 서정적인 황홀함이 특징이다.

"생명은/번개/마음은/헛꽃"〈무상〉의 보기나 "큰방의 거울 속에서/한 장부丈夫를 만났네/거울은 너와 나를 비쳐도/서로의 마음 어디에도 없어라"〈거울〉에서 다시금 입증되듯이 비록 삶의 일상에서 만나는 물상이나 정황의 실체를 비록 적확하게 파악할 수는 없을지라도 그것을 '공즉시색 색즉시공空卽是色 色卽是空'으로 수락하고 생명의 꽃을 눈부시게 피워내는 따뜻한 감성의 존재임은 높이 평가해도 지나침이 없다. 모름지기 불안과 조급함에 익숙한 대다수 이 땅의 시인들에 비해 바람처럼 자유로운 행담 시인의 심성은 "황간黃侃의 유인遊刃에 견주어 예

술의 품격을 향유한 천성적 시인"일뿐 아니라, 정직한 그의 시적 행보는, 현실의 안주를 거부하고 내면의 아름다움을 추구하려는 심적 탐색으로 일관된다.

문을 두드리는 새벽 찬바람/
울며 저항하는 문풍지 소리/
문밖은 어둠 가득 여명은 멀고/
처마 끝 외등 밤을 지운다/
달 없는 저 하늘 별빛 홀로 반짝이네//

-〈밤을 지우며〉 전문

이와 같이 '문밖은 어둠 가득해 아직 여명이 먼' 암울한 삶의 시간대에 몸담고 깨우침의 길을 걷는 고독한 수행자가, 「숫타니파타」의 "소리에 놀라지 않는 사자처럼 그물에 걸리지 않는 바람처럼 진흙에 더럽히지 않는 연꽃처럼 무소의 뿔처럼 홀로 가라."는 가르침에 근거하여 『소리없는 소리』야말로 진정성 있는 존엄한 생명외경에 해당한다. 까닭에 깨끗하고 밝은 사회를 위해 행담 시인이 아득한 정신풍경에 존엄한 생명외경의 삶을 감동적으로 일깨움은 감사할 일이다.

짙은 여명黎明이 걷혀 아아한 산자락이 심상에 점차 선명하게 클로즈업되는 "삼계도사 사생자부.../흑과 백의 경계 사이로/여명이 밝아오고/산사의 새벽은 청아한 모습으로/먼동을 맞이한다(산사의 새벽)"는 그의 담백한 시격詩格은 이처럼 지극선至極善의 세계를 극명하게 열어 보이려는 구도적 자세에 의해 마침내 심상心象에 생명력을 발아시켜 "나는 오늘 가을을 딴다/저녁노을에 붉게 물든 앞산/석류빛은 붉은 홍등처럼 흔들리네"〈가을을 따다〉의 보기나 "동쪽하늘/빛나는 샛별/아뇩다라 삼먁삼보리를/깨달으셨네!"〈심안心眼의 고요〉에서 자연의 순차循次를 거역하지 아니하고 눈부신 존재의 꽃으로 개화開花시켜 삶의 교시敎示로 재현하는 시 쓰기의 행위는 순수한 구도자의 행각을 유감없이 보여주고 있다.

이처럼 삶의 일상에서 중생의 고통과 번뇌를 몸소 체득하며 절박하게 토해 놓은 정제淨濟된 시문의 편린片鱗은, 지난至難한 삶의 일상에서 불도의 세계에 용맹정진하며 중생이 겪는 세대고世代苦에 사랑의 불을 지피는 작업이다. 이는 따뜻한 가슴을 소유한 행담 시인이기에 가능한 시작詩作이며 언어다.

소나무 속 길 얼마나 올랐던가/
연꽃 봉오리 작은 절 받들고/
계곡 물 흘러 먼 바다로 들어가네/
인법당에 앉아 정에 들면/

하늘 문 열려 무지개 다리 놓네//

　　　　　　　　　　　　　　　-〈일소굴〉 전문

　'일소굴 가는 길'에서도 인법의 이치를 깨닫기 위하여
불도에 정진하는 수행자의 맑은 정신에, 때 묻지 않은 '연
꽃 봉오리 작은 절 받들고, 하늘 문 열려 무지개 다리 놓
는 현상'은, 마침내 "그림자 없이/응시하는 눈빛도 외면
한 체/빈 하늘엔 수많은 이야기가 내린다/뒷산 진달래 소
식은 멀기만 한데/잔설 가지마다 꽃송이 눈물 없이 피어
나고/하늘 꽃은 노란 눈물로 흐른다"〈회향回向〉의 추이推
移는 곧 화엄과 합일되는 정신풍경에 해당될 뿐 아니라,
놀랍게도 미적 주권을 확립하여 순백의 영혼 같은 '잔설殘
雪'로 한순간 현란하다가, 일순 득도得道의 황홀감을 체득
하는 신비성으로 이행되고 있다.
　비교적 순수서정의 시격詩格으로 응축미를 살려내어 "
밤비에 도량이 촉촉이 젖는다/떨어지는 빗방울 소리/가
을밤은 더욱 깊어지네/동이 터도 비는 오고/울던 새들 소
리 없네"〈밤비〉와 같이 선시의 세계를 섬세하고 감미롭
게 읊어내고 있는 행담 시인의 경우, 한 사람의 진정한 구
도자의 절박한 소망이 못내 〈소리없는 소리〉나 〈염주〉,
그리고 '영은사 포대화상'이 자리한 〈한가위2〉를 통해 슬
로 라이프slow life적인 '느림의 시학'으로 법심法心의 간극間

隙을 좁혀가며 풀어내고 있다. 그의 시를 읽다보면 삶의 고뇌를 정화시켜주는 시적 역동성이 가슴 깊숙히 잇닿아 있음을 깨닫게 된다.

실제로 전심전력으로 득도得道의 세계를 지향해 불전에 꿇어 엎드린 수행자로서 감당해야할 정신적 갈등과 번뇌를 꾸밈없이 자아의 진면목眞面目을 시적 형상화로 빚어놓는 실력이 예사 수준이 아니다. 섬세한 정감의 심적 발현發現은 설득력을 지닐 뿐더러 그의 친근한 일면은 한순간 격한 분노도 평정심을 회복하는 역동성을 지닌다. 비록 인간은 "날개가 있어서 나는 것이 아니라, 날고 싶은 우리의 욕망이 날개를 만들어낸다."라는 가스통 바슐라르의 지적처럼, 주어진 창조적 자아를 성취하기 위해서는 시적 상상력을 확장해 나가야 한다. 그 같은 연고로 진정 높은 정신세계를 추구하는 행담 시인은 감내하기 힘겨운 이웃의 세계고世界苦를 온몸으로 이겨내되 각박한 삶의 일상에서도 오로지 사념邪念을 과감하게 불태우는 작업에 일관성을 지니고 몰두하는 것이다.

특히, "달 없는 밤에 누군가 오는가 보다/문 앞의 강아지가 짖는 걸 보니/문 열고 밖을 보니 빈 바람만 스치고 지나가네"〈달 없는 밤〉에서는 우리글에 의한 담백한 시적표현이 눈길을 끈다.

3. 시적 합리성과 응시凝視

'시적 합리성과 응시'에 대한 논의에 앞서 간과치 말아야 할 정황은, 비록 절망의 끝이 보이지 않는 불확실한 시대에 몸담고 있는 정신작업의 종사자는 그 자신의 생산적인 고뇌 끝에 생산한 결과ㅌ물을 통해 안겨줄 감성적 잠언에 대한 관심을 지녀야 한다. 순수 서정시를 쓰기가 어려운 우리 시단에서 유념할 바라면, 일체의 순수 서정성을 거부하고 언어유희pun에 길들여진 일부 포스트모더니스트의 모순된 언어질서의 무너짐과 으깨어진 서정성의 불감증을 회생시켜야 한다. 시대적 소임을 담당해야 할 존귀한 품격의 시인에게 한편의 시는 시적 영감에 근거한 따뜻한 감성으로 맑은 영혼을 일깨워주는 정신적 소산이다. 따라서 어디까지나 자존감을 지닌 시인은 삶의 공간에서 접하는 하찮은 물상도 능란하게 화가가 화필을 다루듯이, 흘려보낸 시간에도 끊임없이 반문하는 존재여야 할 것이다.

이와 같이 오래된 성채城砦처럼 세월의 격랑을 잘 견뎌내며 반복적으로 '지금 살아 숨 쉬고 있다'는 작은 일상에서 가슴 저며 오는 서정의 미감을, "멀어져 가는 그대 뒷모습/두 눈 가득 맺은 이슬 마음도 젖는다/개구리 울음소리 봄이 왔는데/차가운 내 가슴 언제 꽃이 피려나"〈그대

보내고〉 이렇게 별리의 아득함을 맑은 영혼으로 빚어낸 건강한 행위는 감사할 일이다. 특히 천재일우千載一遇의 연이 닿아 머뭇거림이나 주저함 없이 푸른 생명기호로 통신하며, 그 나름으로 시의 꽃을 작열灼熱하게 피워내는 행담 시인의 시작 행위는 '고통 받는 타자(이웃)와의 관계에서 사랑의 상징적 의미'를 음미하는 작위에 해당한다. 까닭에 숨죽임의 긴장 뒤에 그 자신이 고뇌하며 생성한 정신적 집산물은 심리적 불안정감의 고조로 인하여 상처 받은 영혼에 내적 치유healing를 안겨주는 행위로 풀이된다. 이처럼 보편적으로 창조행위의 종사자에게 탄생의 기쁨을 수반하는 고통은, 세모나 네모처럼 모남의 형태가 아닌 둥근 마침표인 '생명의 씨앗'과 결부되기에 독자적인 신념을 통해 생산된 결과물은 그의 시편에서 감동과 유의미의 매개媒介로 작동하고 있다.

저 달 속에 계수나무 베어와/
심검당尋劍堂에 불火 지폈으니/
방房에 들어가 쉬게나/
주인공이 찾아오리라//

-〈주인공〉에서

나그네가 잠시 머물러 있는 이 곳//

강원도 궁촌길 1162//

단지, 문패는 없을 뿐이다//

　　　　　　　-〈내가 사는 곳〉 전문

　위에 인용된 시편에서 유념할 바는, 한 사람의 충직한 독자라면 '강원도 궁촌길 1162'가 비록 문패는 없어도 주인공(나)이 거처하는 현주소임을 유추할 것이다. 이 같은 시적 배경을 "이 세상 떠나감을 슬퍼하지 말라/자연의 섭리 앞에 아무리 발버둥 쳐보아도/그 누구도 죽음을 면할 수 없네"〈영혼〉를 통하여 다시금 생의 덧없음과 절망감을 일깨워주고 있다. 화자의 해학적인 시적 정조와 묘미, 그리고 다양성에 우리가 새로운 애정을 기울이는 것은, 생명의 씨앗을 파종하는 농부의 보폭으로 '보다 천천히'라는 느림의 미학에 대해 관심을 지니고 있는 현상에서 감동을 느끼는 진폭이 크기 때문일 것이다. 또한 느림의 시학으로 현재성에 충직하며, 삶의 보람을 자긍심으로 지탱한 결과라는 점도 간과할 수 없는 부분이다.

　그 자신은 현재적 삶이 '이 땅에서 잠시 머무는 행위임'을 깊이 인식하기에, 소포클레스가 "그대가 헛되이 보낸 오늘은, 앞서간 그들이 그토록 살고 싶어 소망하던 내일이다."라는 역설을 주지하고 묵언의 시학으로 뼈아픈 자성自省의 시간을 지니는 존재자로서의 역할을 담당하고 있다.

글의 말미에서 평자가 밝혀둘 소회所懷라면, 구도자의 길을 걷는 수행자의 신분임에도 이렇게 행담 시인이 문학을 축으로 윤무하며 인연의 소중함을 깊이 헤아려 시집을 묶어 지극선至極善을 위한 일념으로 세상에 내어놓으니 기쁘기 그지 없으며 무한한 격려와 찬사를 보낸다.

모름지기 현존의 의미성을 일깨우며 자유로운 바람의 행보로 그 나름의 자긍심으로 지켜낸 행위는 생명적이다. 까닭에 삶의 번뇌를 지혜롭게 감당하고 세상의 극간極艱을 비집어내기 위해 그 자신의 시적 발상이 불심佛心에 뿌리내려 순리의 거슬림 없이 물아일체와 결속된 점은 놀라울 뿐이다. 그의 시적 특이성은 순수서정의 미적 주권으로 확대되고, '깨달음이 선행되고 수행이 뒤따르는' 돈오점수頓悟漸修의 사상'이 과장 없이 그의 시집 『소리없는 소리』에 감미롭게 수용되어 있다는 점을 살펴 독자들이 낯설지 않고 친근감있게 다가서길 기대한다.

결론적으로 화평을 통섭通涉하는 '극소수의 창조자'로서 주어진 시대적 소임을 엄숙히 수행해야 할 행담 시인에게 거는 소박한 기대라면, 구도세계를 우리의 시문학에 조화롭게 접목시키되 불확실한 일상에서도 감동의 회복과 아름다운 삶의 동행을 일관되게 모색해주길 바랄 뿐이다. 그리하여 밝은 미래사회를 위한 구도자의 정신적 충만이 대중들에게 자량資糧으로 나누어지길 빌어마지 않는다.

원각 행담

대한불교조계종 삼척 영은사 주지
두타문학회 회원
한국문인협의회 삼척지부 회원
강원문인협회 회원

소리없는 소리

2015년 5월 15일 초판 인쇄
2015년 5월 22일 초판 발행

지은이 원각 행담
펴낸이 한 신 규
편 집 이 은 영
펴낸곳 글앤북
주 소 138-210 서울특별시 송파구 동남로 11길 19 (가락동)
전 화 Tel. 070-7613-9110 Fax.02-443-0212
E-mail geul2013@naver.com
등 록 2013년 4월 12일(제25100-2013-000014호)

ISBN   979-11-950284-2-9 03810   정가 13,000원